KB269004

설중매

미래시선 146

설중매

지은이 ｜ 정용진
펴낸이 ｜ 임종대
펴낸곳 ｜ 미래문화사

찍은 날 ｜ 2009년 6월 1일
펴낸 날 ｜ 2009년 6월 5일

등록 번호 ｜ 제3-44호
등록 일자 ｜ 1976년 10월 19일
주소 ｜ 서울시 용산구 효창동 5-421
전화 ｜ 715-4507 / 713-6647
팩시밀리 ｜ 713-4805
E-mail ｜ mirae715@hanmail.net

ⓒ 2009, 미래문화사
ISBN ｜ 978-89-7299-367-4 03810

설중매

정용진 시집

미래시선 146

미래문화사

시는 언어로 그리는 영혼의 그림

조춘早春이다.

팔로마Palomar 산자락의 잔설殘雪이 뿜어내는 눈바람이 아직도 차가운데 뜰 앞 매화나무가 성급히 별빛같이 밝은 눈빛으로 봄을 열고 있다. 그 맑고 짙은 향기가 내 서창書窓을 노크하며 초봄을 알린다.

한겨울 잠자던 땅이 숨결을 트고, 말랐던 앞 시냇물이 굳게 닫혔던 빗장을 풀고 율동을 시작한다. 다시 과목 가지로 돌아와 수다를 털어놓는 산새들과 겨울잠에서 갓 깨어난 개구리들, 그리고 나비 떼들과 함께 시를 쓰는 계절이 산마을에 찾아 왔다.

여기 모은 시들은 그간 발표한 시집 《강마을》, 《장미 밭에서》, 《빈 가슴은 고요로 채워두고》, 《금강산》 한영시선집 《너를 향해 사랑의 연을 띄운다》에 뒤를 잇는 나의 여섯 번째 시집이다.

시를 40여 년 넘게 쓰면서 내가 스스로 내린 시의 정의처럼 "시란 육신의 눈으로 바라다 본 사물의 세계를 사유의 체로 걸러서 탄생시킨 생명의 언어인 동시에 영혼의 메아리다."를 재확인하는 셈이다.

하나같이 주위를 둘러선 산과 시내, 자연 속에서 얻은 시상들을 옮겨 놓은 것이다. 내 주위에 펼쳐진 풍광과 형상을 싱싱하고 진솔하게 시적 언어로 표현하고 싶었다.

시란 언어로 그리는 영혼의 그림이다. 그 사람의 시를 읽어보면 작가의 영혼의 무게를 곧 가늠할 수가 있다. 그래서 작가는 독자들 앞에 서기가 두려운 것이다. 바람 부는 대로, 붓 가는 대로 글을 쓴다는 것은 자기 자신에 대한 모독이요, 무책임하거나 스스로를 속이는 엄청난 과오일지도 모른다.

글이 곧 인간(文卽人)이라는 명제가 여기서 나오는 것이다. 이때에만이 작가 자신의 가슴이 떨리고 또 독자들이 그 작품 앞에서 감동하게 된다.

글은 흰 종이에 검은 먹칠을 하는 무책임한 행동이 결코 아니다. 영혼의 노래요, 생명의 조각이다. 이것이 곧 작가의 고귀한 사명인 것이다.

시인의 혼이 얼마나 맑고 청순하냐에 따라서 그 시의 세계가 크게 달라지기 때문이다. 나로서는 혼신의 힘을 기울여 정성껏 쓴 작품들이다. 이 시들이 독자 여러분들을 찾아가서 아름다운 벗이 되고, 위로가 되며, 마음에 기쁨이 되기를 바란다.

그간 옆에 서서 한결같이 지켜봐준 아내와, 발문을 써준 기영주 시인, 그리고 출판을 맡아준 미래문화사 임종대 사장에게 감사를 드린다.

우리의 선조들은 송·죽·매松竹梅를 일러 세한삼우歲寒三友라 기렸고, 매화의 용모, 난의 자태, 국화의 향기, 대나무의

소리를 귀히 여겨 사군자四君子라 사랑했다.

이 봄 눈 속에 지조롭게 피는 매화의 향기가 독자 여러분들의 가슴속에 가득 차오르기를 기원한다.

고희古稀를 맞이하여 이 시집을 엮었다. 여러분들의 애송 시집이 되었으면 한다.

2009년 이른 봄
샌디에고 추계동 에덴농장에서 저자 씀.

차례

2 · 새소리

정情 · 3

4 · 산중문답山中問答

드리는 시詩들 · 5

1

벌과 나비가 찾아와
입을 맞추면
수줍어 고개 숙이는
그 순수.

향기를 토하며
열매의 꿈을 꾸는
애달픈 꽃이여!

꽃

꽃

꽃이 되고 싶다.
청초하게 피어
임을 기다리는
그 마음.

벌과 나비가 찾아와
입을 맞추면
수줍어 고개 숙이는
그 순수.

향기를 토하며
열매의 꿈을 꾸는
애달픈 꽃이여!

나는
그리움 품고 자란
한 송이 붉은
꽃이 되고 싶다.

설향雪香

눈(雪)을 닮아
눈매가 그리 고우냐?
임 그리는 정념情念에 젖어
아침마다
눈물방울이냐?

선비의 천품이 그리워
서창書窓으로 흘려보내는
짙은 향기.

봄이 오기 전에 먼저
봄소식을 전하고
눈이 녹기 전에
가지마다 잔설殘雪을 달고
문을 두드리는 설향雪香의
차가운 눈매.

애처롭도록
슬프구나.

가난한 시인의
설안雪案에

오늘도
형창螢窓으로 타오르는
불빛.

설중매雪中梅의
고고함이여!

홍매紅梅

지리산智異山 화엄사華嚴寺
각황전覺皇殿 뜰 앞
홍매紅梅 한 그루.

스님 설법에
눈길을 보내다가
종래 부처가 못되고
삼동三冬에 떨며 굶주려도
향기를 파는 법 없이
모진 세월, 험한 바람결에
해진 명주적삼 걸쳐 입고
웃는 주름 결에
천년 한恨이 서렸구나.

굽은 등
거친 각질角質에는
삼라만상森羅萬象의
애틋한 염원이 겹겹이 쌓여 있네.

이 밤도
교교한 달빛에 젖어
청초한 자태여!

18

허허로운 세심에
너 홀로
곧은 절개로
눈시울 적시는
홍매紅梅의 고독.

설중매雪中梅

간밤
한월寒月이
설안雪案에 밝더니
밤새
청기와 골골마다
백사白沙로 덮여 있네.

청산靑山은 백화白花를 달고
고목 가지마다
설화雪花로 피었구나.

이 아침
세한삼우歲寒三友
올곧은 선비의
지조志操로운 천품天稟으로
산가山家를 가득 채우는
설중매의 그윽한 향기.

설매부雪梅賦

조춘잔설早春殘雪이
산록에 차가운데
매화 옛 등걸
눈망울이 슬프다.

봄, 나비도
늦잠이 깊었거니
게으른 시인의
시심詩心을 일깨우는
설중매雪中梅의 고고한 자태여.

올곧은 선비의
지조志操로운 천품이
호문목好文木으로 버텨 서서

이 아침
필력筆力이 미진未盡한
내 서창書窓에도
지사고심志士高心의
설향雪香이 따사롭다.

무궁화無窮花

연보라빛
애틋한 품속에
백의민족白衣民族의
맑은 혼을
가득히 숨겨

"동해물과 백두산이
마르고 닳도록"

살아 숨쉬는
경천애인敬天愛人
홍익인간弘益人間
높고 깊은 조국애.

하늘 향한
곧은 줄기
푸르른 잎
한얼의 기상일레.

영원무궁한 선열들의
고결한 숨결 속에
아름다운 후예들의

뜨거운 사랑아!

연보라빛
그윽한 가슴 가득
타오르는
민족의 혼불
우리나라 꽃
무궁화.

무궁화꽃

미주로 이민 온 지
어언 서른여섯 해
떠나온 조국이 하도 그리워
문 앞뜰에
조국의 얼
민족 혼魂의 상징인
나라꽃 무궁화 한 그루를 심고
새싹이 돋고
꽃이 필 때마다
찬바람에
잎을 떨굴 때마다
민족을 사랑하는 마음으로
가슴을 기울였다.

한 해가 기우는 세밑
첫서리가 내리던 날
무궁화나무 앞에 서서
경례를 붙이고
전정가위를 들고
곁가지를 치기 시작했다.

더 나은

민족의 꽃을 피우기 위하여
더 강한
민족의 힘을 키우기 위하여
더 광활한
한얼의 꿈을
이 젊은 대륙에 펼치기 위하여

나는
조국의 혼
민족의 꽃 앞에
온갖 정성을 기우려
물과 거름을 주었다.

우리나라의 국화
우리 조상의 얼
우리 민족의 영원한 혼
무궁화꽃 만세!

백합

어둠을 이기고
첫새벽
흙 가슴을 뚫고
태초로 맞이하는
생명의 빛.

백옥
나팔소리에는
주님의 발 아래 엎드려
여인이 깨트린
옥합의 향기가
가득하다.

낮에는
입을 열어
사랑, 평화, 회개의
나팔을 불고

밤에는
입술을 굳게 다물고
고개 숙여
참회하는 백합.

부활 승리의 함성이
하늘과 땅
온 누리에
충만하다.

수박꽃

세 살배기
손녀의
노란 귀걸이

종종 걸음으로
풀섶을 기어가다가
마침내
하나의
지구로 맺혔구나.

웅장하다.

파꽃

머리에는
백설을 이고
창연蒼然히 서서
민중을 굽어보는
녹두장군綠豆將軍
전봉준全琫準.

죽창을 들고
고부古阜골을
뒤흔드는 함성이
정말, 엄청나구나

길이길이 푸르거라
헐벗은 농민들의
자존심답게

하늘 우러르며
우람히 솟은
초록기둥
민중의 혼魂
파꽃아!

산심山心

산을 보고
마음을 물으니
머리 위로 지나는
구름을 가리키며
무심無心이란다.

산을 보고
세심世心을 물으니
손사래를 치며
발아래 흐르는
물을 가리킨다.

마음을 비우고
사립문을 여니
산은 내 속에 들어와
내가 되고
나는
산이 되었다.

봄 · 2

목련이 시를 쓴다

가슴을 탁 풀어헤치는 소리에
놀란 내가
잠을 털고 일어나
시를 쓴다.

초록 텃밭에
사랑이라고 썼다.

산가춘경 山家春景

문 앞을
가득 채웠던 새벽안개

동산에
붉은 해가 솟아오르니
자리를 비우고

멀리 섰던 산이
어느새
마을 앞으로 다가서네.

빈 하늘
떠돌던 구름이
산록에 내려앉아 숲에 머무니
굳은 산이 마음의 빗장을 풀고
빛을 받은 얼음장도
가슴을 열어
흐름을 발하네.

몸을 낮춰 흐르는 시냇물은
지나는 연못의
빈 가슴을 가득 채우고

산새들도
고목 가지에 앉아
새봄을 노래 부르는데

너의
애틋한 삶의 꿈도
이 봄
꽃으로 피거라.

산중 춘우山中 春雨

달빛 항라亢羅 적삼
연록색 치마 받쳐 입고
소리 없이 오시는
임의 발소리
산창山窓에 닿아
봄바람에
깃털처럼 가볍게 날리누나.

굳게 다문 입술에 숨겨진
사랑의 언어들…….
목마른 가지들도
영롱한 이슬 달고
모처럼 누린 호사好事로
춘색에 젖은 눈빛인데

언 땅이 가슴 열고
마른 숨결 토해내면
개구리들도 입을 열고
합창을 하리라.

지붕을 두드리는 빗소리가
거문고 소리로 잦아들면

그대 발소리로 믿겠네.

이 고적한 산중에서
정선鄭敾 산수도山水圖를
마음으로 그리는 나는
영혼이 가난한 시인.

산·2

산은
무거워서 못 떠난다.
몸매 가벼운 구름이 오고 갈 뿐

내가 태어나기 전부터 내 앞에
태연히 버티고 서 있는 산
나는 태어나서
그 앞에 기가 죽는다.

그저 저를 향해 소리치면
지체 없이
메아리로 응답하는 산!

산은
봄의 꽃
여름의 잎
가을의 열매
겨울의 낙엽으로
우리들에게
생로병사의 천리天理를 말한다.

나무와 풀

새와 늑대들이 둥지를 틀고
곁에서 묵묵부답으로 침묵하는
바위, 참으로 위대하다.

바람으로 말하는 나무
물결로 노래하는 시내
산은 우주의 영원한
희로애락의 장터다.

나는 산이 되고 싶다.

보리밭

지지배배 지지배배
오뉴월 이른 아침
창공에 솟아올라
종다리
새벽을 깨우면

찬 이슬을 털고
메마른 땅에
까락으로 피어나는
보리이삭

어스름 달밤에
문둥이는 밭이랑에서
애기 간 하나
꺼내 먹고
먹물을 토하는 깜부기.

어버이들은
보릿고개를 넘느라
허리가
긴 등처럼 휘었고

절구통을 뉘어 놓고
자신의 처지를   메어치듯
보릿단을 팽개치던
머슴들의 피멍 든 한恨

그들은 도리깨로
자기의 운명을
모질게도 내리쳤다.

철없는 어린것들은
보리피리를 꺾어 불며
가난의 고개를
허기져 넘어가고

오늘 밤도
보리밭에 내린 달빛이
내 마음의 창가에
슬프도록 푸르다.

춘우春雨

봄비에
잔설殘雪이 스러지듯
수색水色에
산정山情이 녹는구나.

천심天心이 기氣막히고
세정世情이 팍팍해도
이래서는 안되지

아가
너도 어서
언 가슴을 풀고
새 생명을 잉태하거라.

풋풋한 햇내음
텃밭에
봄이 오는구나.

흙의 비밀

간밤 비 온 후
화단을 손질하다
호미 끝에
잡히는 게 있어
조심조심 헤쳐보니

붉은 작약 순이
흙 가슴을 비집고
돋아나고 있었다.

무엇을 훔치다 들켜
화끈 달아오른 듯
통통 뛰는 심장

탄생의 신비를
그윽히 숨기는
흙의 비밀이여.

우주의
자궁 속에는
또 하나의 생명이
잉태되고 있었다.

목우木雨

한겨울은
하늘이 물을 주는 터라
편히 지내다가

늦봄, 마른 가지에
눈망울이 돋기에
스프링 쿨러를 손질하다보니
물구멍이 막혀
꼭지를 갈아주고

목말라하는 정경이
애처롭다 싶어
슬며시
소피所避를 뿌려 주었더니

긴긴 여름 내내
무덤덤하던 감나무가
볼록한 가슴을
초록 천으로 가리고
배시시 웃데
나도 덩달아 웃었지.

춘설春雪

지난 가을
늦서리에 잎 떨구고
찬 하늘에 몸 얼어
봄꿈 그립던 나목裸木.

간밤 춘설에
가지마다 꽃을 달고
웃는 얼굴

뜨락에는
내 누님의 동정 같은
달빛으로 피어나는
봄눈의 향기.

여름 달夏月

달은
더위가 싫어
밤에만
중천에 높이 떠서
홀로 여유롭다.

서늘한 밤이면
속심俗心이 근질근질하여
내 창가를 기웃대며
불을 밝혀주고
나와 함께
시를 쓰고 글을 읽는다.

나도 어느새
선경仙景에 들어
옥양목이 되고
어머님의 옷고름이 되어
여름 달과 함께
설경雪景을 엮는다.

오늘 밤도
뜰 앞에

여름 달빛이 차다.

어머님의 무덤가에
쏟아지는
한여름 푸른 달빛.

억새들의 춤

억새들은
산간에 몰려서서
낮에는
산바람에 칼을 갈고
밤에는
제주 은갈치 물결로
전신을 마구 흔들어댄다.

달빛이
눈송이처럼 부서져 내리는 밤
군무群舞를 추는
백조들의 푸른 자태여.

너와 나
나와 너
언제 이 푸른 광야에서
인생을 춤추었던가 싶구나.

자 이제라도
늦지 않았다
어서 신발 끈을 조이고
광란하는 달빛 아래

몸을 맡기자.

저 푸른 달빛이
사라지기 전에
강강수월래
강강수월래.

추향秋香

바람이 소슬하다
나무가 흔들린다.

마음이 허전하기에
빈 접시 하나를
창밖에 내어놓고
잠자리에 들었더니

이른 아침
접시 가득 담긴
가을 향기.

산 까마귀 떼들이
서릿발 서린
빈 하늘 가득
줄지어
퍼레이드를 벌인다.

국향만정 菊香滿庭

한여름
돌담장 가에서
기러기 울음만 기다리다
간밤 첫서리에
달려가던 걸음 멈추고
하늘을 우러러
향을 토하는 국화야

이 가을
네 가슴속 깊이 농익은
국화주를 꺼내어
도연명과 대작하며
시선이 되려 하노니

낙목한천 落木寒天에
박주산채 薄酒山菜일지라도
싫다 말고 내어라

만정 滿庭을 가득 채우는
국향에 취하여
나는 오늘도
밤 깊어가는 줄 몰라라.

시인은
시를 쓰고
시를 읽을 때
가장 행복하다.

오늘도 조석으로
내 서창書窓에서
소월 소월
목월 목월
시를 읊는 산새들

새소리

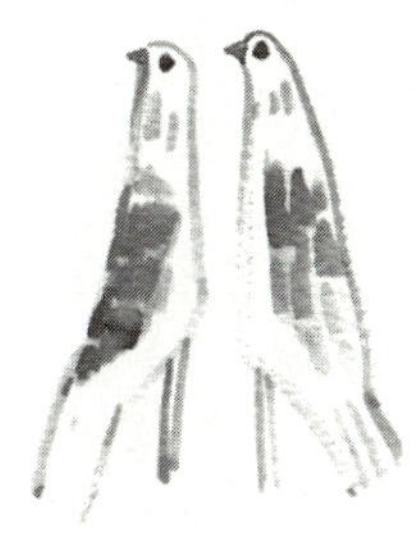

천지인天地人

하늘은 구름
구름은 하늘.

하늘은 땅
땅은 하늘.

하늘은 인간
인간은 하늘.

물레

물레는
운명의 실타래를 낳는
여인이다.

등잔 심지에
목화씨 기름이
자옥히 타오르는 토담집

조상 대대로 물려 와
손때 묻은 물레 앞에
피골이 상접한
시어머니가 앉아
물레를 돌린다.

옆에서는
갓 시집온 며느리가
씨아를 돌려
소녀의 꿈을
면화구름으로 피워 올리고

두 여인이 낳는
운명의 손길에는

한과
설움과
슬픔이 감긴 실타래로
인생의 무명필이 탄생된다.

윙! 윙윙!
삐익! 삐익!
이 밤도
삶을 엮는 소리가
귓가에 쟁쟁하다.

강물 · 2

강가에는
숱한 사람들이
삶의 고달픈 짐을 지고 와서
버리고 떠나간다.

비련의 눈물을 버리는 사람
배신의 아픔을 버리는 사람
가난의 고통을 버리는 사람

밤낮으로
흐르는 강물은
깊고 푸른 가슴에
이 숱한 사연들을
한 아름 안고 떠나간다.

그리고
그들은 다시
후미진 산록을 굽이 돌아
빈 가슴으로 흘러드는
강가에서
생수를 한 움큼씩 퍼마시고는
새로워져 돌아간다.

오늘도
강물은 말없이 흐르고 있다.

샛강

큰 물결을 따라가려는 사람들은
참으로 많구나
화려한 깃발
요란한 들러리들
번쩍번쩍 빛나는
훈장을 매단 장군의 행렬은
큰 길로 지나가고
샛강에는
개나리봇짐의
허술한 품꾼들만 모여 서서
막걸리를 퍼마시며
모닥불을 쬐고 있구나.

꽁보리밥에 열무김치를
가난과 버무려
허기를 채우면
서러운 민중의 한이
하현下弦달로 떠오르던
샛강.

한겨울
썰매를 타던

아이들이 돌아간 후
얼음이 갈라지는 소리에
긴 겨울이 떠나가고
새소리 자욱한
봄이 오는구나
샛강이 몸을 푸는구나.

하루살이

하루를 살아도
천년같이
천년을 살아도
하루같이

하루살이는
바람 자는 포근한 날
떼로 몰려와 합창을 부르며
즐겁게 춤을 춘다.

하루는 한 시간보다 길다
한 시간은 1분보다 길다
1분은 1초보다 길다
천분과 지족을 지키며 살기에는
아름답고 긴 하루

하루살이들은
석양 무렵 처마 끝에 몰려와
하루를 천년같이
천년을 하루같이
축제를 벌인다.

무념무상無念無想의
초월적超越的 삶이다.

무념무상無念無想의
초월적超越的 삶이다.

허수아비

세상 온갖 남루를
한 몸에 걸치고
황금들에
구부정하게 서 있는
허수아비.

달빛이 부서지는
황량한 들녘에서
텅 빈 고향을 지키는
낙향落鄕 선비의
청렴한 자태여.

알곡이 걷히고 나면
새 떼들도 떠난 빈 들에서
해진 도포자락을 휘날리며
홀로
찬 눈을 맞는다.

오늘도 나는
내 영혼의 빈 잔이
가득히 채워지기를
기다리며 서 있는

목마른 허수아비.

새소리

서재 창밖
오리나무 한 그루.

이른 아침이면
시메 산골 영 넘어온
산새들이
소월素月 소월 아침잠을 깨운다.

저녁이면
동산에 둥근 달이
마을로 내려와
오리나무 가지에
걸터앉아
목월木月 목월
시를 읊는다.

시인은
시를 쓰고
시를 읽을 때
가장 행복하다.

오늘도 조석으로

내 서창書窓에서
소월 소월
목월 목월
시를 읊는 산새들
그 청아한 음성이
텅 빈 공간에
시향詩香으로 가득하다.

거미

산그늘이 내리는 어스름
외진 산마을에

땅이 꺼질까 두려워
여덟 개의 발을 달고
거미가 줄을 타고 있다.

박덩이같이 둥근 달이
초가지붕 위에 떠오르면
배 속 가득 감아놓은
실타래를 풀어

지붕과 지붕 사이로
팔각 그물을 치고도
못 미더워
강력한 접착제를 발라놓고

얼빠진 놈들
걸려들기를 기다리는
태초의 광대
거미.

제가 쳐 놓은 줄에
자신도 걸려들까봐
너에겐 날개가 없구나.

그러나 떠날 때는
육신공양肉身供養으로
새끼들에게
자신의 몸을 내어주는
살신성인殺身成仁의 모성애.

얼마 후 새끼들이
우루루 몰려나와
하나의 껍질로 남은
시신 앞에서
조시弔詩를 읊는구나.

어머님
사랑해요.

소

네 다리에
거대한 육신을 싣고
부릅뜬 두 눈으로
머언 산을 바라보는구나.

두 뿔도
산을 향하였군.

바가지만한 귀를 세우고
틈만 나면
인내를 반추하는
소.

항상 멍에를 메고 사는
너는 무죄다.

음메
정적을 깨는
게으른 울음소리에
산도 놀라 깨어난다.

어디

두고 보자
나도 환생하면
인간으로 태어나서
너에게 멍에를 메우고
실컷 부리겠다.

종鍾

종은
무슨 큰 잘못을
저질렀기에
조석으로
저리 두들겨 맞고
슬피 울어야 하는가.

종은
어떠한 염원이
한처럼 쌓였기에
그 소리가
산을 넘고 물을 건너
흐느끼며 울려 퍼지는가.

나도 종이 되어
후줄근하게 두들겨 맞고
한없이 울어
가슴을 비운 후
주님의 음성을
철철 넘치게 담고 싶다.

텅 빈 공간에

저녁 종소리가 가득히
울려 퍼지고 있다.

저녁 종소리가 가득히
울려 퍼지고 있다.

국밥

주모
국밥 한 그릇 말아주소
하루의 일과를 땀으로 엮는
노무자들이
허술한 국밥집에서
하루를 연다.

설렁탕. 해장국. 장국밥
뜨거운 국물에
오늘의 가난한 꿈을 섞어
탁배기 한잔을 걸치고
때 묻은 거리로 나서는
힘겨운 가장들…….

축 늘어진 어깨 위로
진주빛보다 맑은 햇살이
눈발처럼 쌓인다.

주모
국밥 한 그릇 말아주소
힘겨운 메아리가
골목을 감도는 하루.

뉴올리언스 육교 위에서
허탈에 빠진 난민들에게
이 아침
우리 민족의 정서가 담긴
따듯한 국밥 한 그릇을
말아주고 싶다.

〈미주 중앙일보〉

개발(犬足)

시골에서
농장을 경영하다보니
귀엽다고 기르던 개를
기르기가 힘들면
농장으로 데려온다.

진돗개
저먼 세퍼트
도베르망
도멘션

하나같이 잘생겼고
화려한 족보도 지녔다.

바쁜 시간에 틈을 내어
우리 내외가 열심히
목욕을 시켜 놨더니

얼마 후
두더지 굴을 팠는지
얼굴이
굴뚝을 쑤시다 온 듯 검고

어디 네 발 좀 보자 했더니
흙발을 내민다.
이게 무슨 꼴이야 나무라니
눈을 흘긴다.

제가 개잖아요
개발은 다 이런 거죠 뭐

멕시칸 인부들이 먹다버린
왕족발을 물고
뒤도 안 돌아보고
개울 숲으로 달려간다.

그는 곧
왕흙발로 돌아오리라.

걸인과 개

이른 아침
눈곱을 덕지덕지 달고
비닐 나부랭이와 찌그러진
맥주깡통 온갖 잡동사니를
녹쓴 마켓 카트에 가득 싣고
걸인이 골목길을 지나간다.

몇 날 며칠
목욕을 못해 남루한 개가
걸인을 따라간다.

과연
개 눈에는 똥만 보이는 것일까
걸인을 상전으로 모시고
따라다니는
개의 충성심이 기특하고 가상하다.

평생 은혜를 입고도
하루아침에 등을 돌리는
인간들에 비하면
미물
동물들의 세계는

이 얼마나 아름다운가.

참으로 부럽다
충복 견공의
한결같은 마음이여.

계엄령

청봉靑峰*은
나의 계엄사령관이다.

혈압이 높으니
짜게 먹지 말라.
당이 보도라인이니
달게 먹지 말라.

코레스톨 수치가 높으니
계란, 라면, 뼈 국물 음식과
지방이 높으니
고기를 피하고
채소를 많이 먹어라.

술은 간에 안 좋으니
하루에 한 잔 이상 금하고
되도록 많이 걷고
한 주에 3일 정도는
이마에 땀이 날 정도로
운동을 해라
날마다 계엄령을 내린다.

Oh. My God!

나는 무었을 먹고
어찌 살라고?

* 청봉은 나의 주치의 기영주 박사의 아호임.

밤 바다

산천이
고요히 잠을 청하는
밤 바닷가에 서면
몰려오는
파도의 물결이
잠을 깨운다.

보이지 않는
힘에 의해
몰려왔다 몰려가는
물결의 아우성

밤 바닷가에 서면
새로운 생명을
탄생시키는 고통과
잠든 새벽을 깨우는
벅찬 감동이 있다.

칠흑의 어두움을 뚫고
빛으로 일어서는
환희.

이 밤도
바닷가에서는
밀물과 썰물이
끊임없이 밀고 당기며
서로를 깨쳐
형평을 이루는
축제가 한창이다.

송아지

지난 해 50만 원 하던 몸값이
올해엔 단돈 3만 원이야
나는 어떻게 해?
이럴 수는 없는데
어린 송아지의
애타는 가슴.

무인도 1.500마리 염소들은
덩달아
먹어먹어 풀뿌리까지
다 먹어치워
뉴욕 타임스에 보니
세계적인 불황이야

다시
빈 모래밭
무인도.

밤풍경

창밖에 서서
늘 외롭던 오리나무 한 그루
오늘 밤은
싱글벙글한다.

하현下弦달이
알몸으로 홍조를 띠고
살며시 찾아와
미소를 보내기 때문이다.

청포青袍로
가슴을 가려주고
시치미를 떼는 오리나무
삼경이 깊도록
부엉이는 잠을 못 이루고
산자락을 흔든다.

돌이는
잠결에 몽정夢精을 하고
오리나무는 어느새
잔칫날을 위하여
국수를 빚고 있다.

달력 한 장

올해도
달랑, 한 장의 달력으로 남아 있다.

첫 달에는 희망을 걸고
둘째 달에는 꿈을 심고
셋째 달에는 꽃을 피우고
넷째 달에는 향기를 맡고
다섯째 달에는 어머니를 생각하고
여섯째 달에는 며느리를 얻고
일곱째 달에는 딸을 여의고
여덟째 달에는 추석 달을 보고
아홉째 달에는 추수를 하고
열 번째 달에는 조상께 시제를 드리고
동짓달에는 팥죽을 먹고
섣달에는 후회 속에 또 하나의 꿈을 다짐하고

달력 한 장에 생명이 탄생하고
달력 한 장에 인간이 늙고
달력 한 장에 몸이 병들고
달력 한 장에 생명이 죽어 가나니
오묘한 우주의 천리天理여!
초월적 신의 섭리여!

나는
한 장 남은 달력을 바라보며
감사하노라
감동하노라
감격하노라.

소품 6수 小品 六首

말

봄이다.

나비가 날고 있다
말 말 말.
무책임하게
쏟아놓은 말들이
날개를 달고
까마귀가 되어
강산을 누비고 있다

갑자기 어지럽다.

삶

밤마다 꿈을 꾼다
꿈마다 호랑이를 만난다
거름아 날 살려라.

걸인

하늘은 빈 깡통이다
깡통은 밥이다
나를 살려준 것은 완전히 깡통이다.

연인

길에서 만나
길에서 사랑하다
길에서 헤어졌다.

달팽이 · 2

너는
우주 최초의
모빌홈 소유자.

기네스 북

똥구멍은 세계 최대의 순대공장이다.

산불

우리가
어린 시절에는
해마다 정월 대보름이면
수숫대를 모아
나이 숫자대로 새끼줄로 묶어
단을 만들어 둘러메고
키 큰 형들을 따라
뒷동산에 올라
둥근 보름달을 향해
불 붙인 수숫단을 흔들며
한 해의 소원을 빌었지.

이 마을 저 동산
천지 사방에서
꽃처럼 피어나
그림처럼 아름답던
염원의 불꽃.

이제는
세상인심이 사악해져
물의 수난, 노아의 방주가 아닌
불세례로 세상을 심판하려 하시는가?

외적이 침공하여 봉화가 올라오듯
이 산 저 봉우리에서
불이야!
불이야!
돌풍은 역마力馬를 타고
노도와 같이 강산을 누비고
풀과 나무는 벌벌 떨며
검붉은 깃발을 흔들어댄다.

평생을 땀 흘려 일궈놓은
전 재산을
순식간에 잿더미로 만들고
모텔 베란다 의자에 앉아
욥이처럼
재를 뒤집어 쓴 채 눈물 짓는
노부부의 허탈한 얼굴.

경찰의 성화에 떠밀려
강아지 두 마리와 앨범, 비디오테이프,
추억 서린 사진 몇 점을
서둘러 가방에 집어넣고
농장을 향해 몰려오는

불기둥을 바라보며
눈을 들어 하늘을 우러르고
고개를 숙여 간절히 기도드렸다.

풀과 나무들은 겉이 타고
새봄이 되면 다시 움이 돋겠지만
아내와 나 그리고 이웃들은 속이 탄다.

세상 모르고
뒷마당 연못에서 물장구를 치는
비단잉어와 자라들
내 가슴속에는
조용히 파문波紋이 일고
멀리서 안부를 묻는 벗들의
빗발치는 전화벨소리를 뒤로 하고
황급히 집을 나섰다.

오, 오, 주님
할 수만 있으시다면 이 재난을
나에게서 멀리하여 주시옵소서.

벅찬 삶의 자락에 가리워
애타던 반달도
구름 틈새로 얼굴 내밀고
강산을 엿보는데

세월이
저만큼 흘렀어도
그리운 옛정

정情

손때

조상이
대대로 물려준
낡은 장롱문고리를 어루만지니
선조 어른들의 손때 묻은
얼이 끈끈하다.

차가운 쇠고리가
이리도 따뜻할 수가 있을까
은은한 숨소리가 들리고
땀냄새가 향기롭다.

내가 선조들을 못 뵈었어도
선조들이 나를 못 보셨어도
대대로 때 묻은 손자국에
고고한 꿈과 한이 서려
녹슨 문고리에
오늘도 살아 숨쉬는
그윽한 전설
해묵은 윤기가 고귀하다
증조모의 냄새가 난다.

<YTN 방영>

고향 달

사람들은 누구나 하나씩
마음의 달을 가슴에 품고 산다.

첫사랑 연인의
눈썹 같은 초생달.

해마다 정월 대보름이면
뒷동산에 올라
소원을 빌던 보름달.

시골 장날 장에 가신
어머님을 기다리다 지친
논길 위에 떠오르던 상현上弦달.

새댁이 시어머니한테 꾸중을 듣고
초가지붕 처마 밑에서
행주치마에 눈물 닦으며
바라보던 하현下弦달

남몰래 몰래 방앗간에 숨어서
애인과 지켜보던 그믐달.

자식들을 위하여
장독 위에 정화수를 떠놓고
두 손 모아 빌던 어머님의 소원 달.

강강수월래 강강수월래
여인들이 둥글게 둘러서서
조국의 안위를 기원하던 애국 달.

옛 연인의 추억처럼
날마다 날마다 애닯게
사위어가는 낮달.

선물 꾸러미를 양손에 들고
코스모스가 손을 흔드는 고향 간이역에서
어린 동생들과 만나던 추석 달.

사람들은 저마다 하나씩 저다운
마음의 달을 가슴에 품고 산다.
끈끈한 인정과 사랑이 담긴 고향 달이다.

정情

기러기 떼 울며
북쪽 하늘로 멀어져 가고
찬바람
하늘을 빗질해도
별빛은 오히려 빛나는구나.

떠나간 기러기 떼
고향 못 잊어 되돌아오면
동구 밖 풀섶도
봄으로 피거라.

벅찬 삶의 자락에 가리워
애타던 반달도
구름 틈새로 얼굴 내밀고
강산을 엿보는데

세월이
저만큼 흘렀어도
그리운 옛정
가난을 버려두고
울며 떠난 그 아픔
오늘은 먼데서

귀밑머리 희었을라.

　　　　　YTN 〈동포의 창〉 방영

손녀의 재롱

나는 젊은 나이에
할머니 할아버지가 되어
손자 손녀 자랑을
넋 없이 하는 것을 보고
내심으로 저게 주책이지 하였다.

그런데 웬걸
이제는 우리 내외가 주책이 되었다.
한 살 반 된 손녀 우영이가
우리 내외의 혼을 빼기 때문이다.
차를 타면 DVD. DVD.
방에 오면 TV. TV.
사과 대추 바나나를 내어놓으라고 야단이더니
내파 밸리 포도농장에 가서는
저는 밭에서 포도를 손수 따먹고
할애비인 나는
시음 와인에 기분 좋게 취하여
거나하게 돌아왔다.

금문교를 지나오며
푸른 바다물결을 보고
무쵸 아구와 무쵸 아구와

스페니쉬로 물이 많다고 지껄여댄다.

어제는 제 어머니가
과자를 한 개만 주며
많이 먹으면 이가 썩는다고 더 안 주니
슬며시 제 방으로 들어가더니
강아지 인형을 안고 나와
강아지가 쿠키를 먹고 싶어 하니
하나 더 달라고 떼를 쓴다.
그리고 하나 더 얻어
강아지 입에 넣어 주는 척하다가
제 입에 넣고 의기양양하다.
두 손 두 발 다 들었다.
오늘도 영악한 손녀가
무척 보고 싶다.

여든 살 먹은 늙은이가
세 살 먹은 애한테 배워야 하나보다.

빨래터

감자 골에서 흘러온 물이
동구 밖 시내로 흐르는
빨래터에
넓적 돌을 뉘어놓고
아낙들이
빨래를 두들긴다.

자신의 설움을
털어내듯
두들겨 패는 방망이소리
때 묻은 죄밖에 없는 빨래들이
후줄근하게 몸을 푼다.

더러는 긴 줄에
깃발로 걸려 펄럭이고
초록빛 미루나무 그늘 언덕에는
옥양목 필이
신작로처럼 펼쳐진다

가을연가 · 2

나는
이 가을
타오르는 단풍처럼
붉게 죽겠다.

사랑스러운
너의 뜨거운
눈물을 위하여.

나무 · 2

나무는 서서 말한다.

날이 맑으면
해 해 해(日)

날이 흐리면
앙 앙 앙(仰)

비가 오면
우 우 우(雨)

꽃이 피면
호 호 호(好)

열매를 맺으면
실 실 실(實)

낙엽이 지면
하 하 하(何)

눈이 나리면
동 동 동(凍)

나무는
서서 웃고
서서 울고
서서 눈, 비, 바람을 맞으며
희비애락
생로병사를 몸으로 말한다.

나무는
서서 먹고
서서 자고
서서 살다
서서 죽는다.

나무 · 4

너와 나는
깎아지른 산비탈에 서서
네 뿌리로
내 발등을 덮고
내 팔로
너의 어깨를 감싸며
힘든 세상을 이겨나가자.

차가운 하늘
눈이 내리면
호호백발 노인으로 서 있다가
다시 햇살이 비치면
싱그러운
소년소녀로 되돌아와
함께 사랑을 노래 부르자
낭떠러지 산비탈에
푸르게 서서.

수다
-우물가에서

샛별이 지면
아침잠을 털고
새댁들이 물동이를 이고
마을 앞 우물가로 모인다.

시어머니가 어떻고
시누이가 어떻고
이웃 머슴이
옆집 과수댁과 눈이 맞아
야반도주를 했고

두레박으로
갓 길어 올린 물동이에
마을 소식들이 출렁인다.

가슴속 깊이 맺힌
고부간의 갈등 매듭을
인내의 세월로 풀고
또아리 위에 얹은
물동이의 물결이
온 마을 전설로 영글어간다.

월광곡月光曲

멀리 서서
천공天空의 고고孤高한
달을 바라다보면
내가 보여
아득하던
내 인생이 더욱 더 진하게 보여.

갓 시집온 며느리가
떠나온 친정을 되돌아보며
흘린 아픈 눈물은
상현上弦달로 창가에 흐르고

중년 늙은이와 추억이 그리워
막걸리 잔을 기울이며 껄껄 웃던
하현下弦달아!

어디
가고 오는 것이
흐르는 강물,
무상한 세월 속에
떠가는 구름뿐이겠느냐?
너와 나도 그 대열에선

동행인이거늘

오늘은
기망幾望의 열나흘
내일은 강산에 만월滿月이
소녀의 기원처럼
내 가슴 가득 차오르는
보름(望月)이구나.

이 어리석은 선비야
달도 차면 기우나니
저문 하늘
기망旣望을 넘어서
잔월효성殘月曉星을 바라다보는
소동파蘇東坡의
슬픈 눈빛을 보거라.

화초에 물을 주며

나는
내 영혼이 갈하다 싶으면
물 호스를 들고
화초에 물을 뿌려준다.

한여름 고갈된 모습으로
흙먼지를 뒤집어쓰고
사랑의 손길을 기다리는
생명들의 간절한 염원

이는 내 자신이
주님 앞에 홀로서는
가난한 심령의
간절한 고백이다.

생명은
감격이다
기쁨이다
충격이다.

힘들고 어려운 삶의 박토에서
목말라 갈한

가냘픈 생명들에게
날이면 날마다
생수를 뿌려 주시는 주님.

오늘도 나는
마른 땅에서 목말라 애타는
꽃잎 위에 물을 뿌려준다
저들은 주님의 말씀을
내게 향기로 전해주리라.
오. 오. 나의 주님.

유기농 상표

지금은 건강 제일주의시대라
농사를 지어도
유기농이 인기다.

텃밭에다 들깨를 심고
한여름 열심히
물과 거름을 주어 길러
몇 잎 따다가
삼겹살에 싸서 소주 한잔 하려 했더니
밤이슬이 또르르 굴러 떨어지고
하늘이 비치도록
전신이 온통 구멍투성이다.

잎 뒤를 살펴보니
그린 애벌레가 천연덕스럽게
흰 그물을 치고
오수午睡를 즐기고 있다.

이놈을 범인으로 잡아
흰 접시 위에 올려놓고
다그쳤더니
바람은 소슬한데

시도 쓸 줄 모르고
할 일도 없이 심심하여
유기농 상표 하나 그렸단다.

이놈마저
초고추장에 찍어
안주로 삼켜버리고 말까보다.

흔적痕迹

산다는 것은
흔적을 남기는 일이다.

흰종이 위에
영혼의 그림자로
드리워진 시어詩語들

너와 내가
애타게 갈구하던
사랑의 언어들이
하나의 점으로 남을 때

우리 모두는
슬퍼하고 후회한다.

파도는
성난 물결로 몰려와
모래 위에 남긴
발자국들을 모두 지운다.

어리석은 자는
숱한 발자국을 남기려

발버둥치고

현명한 자는
자신의 족적을
줄이고 떠나려고 애쓴다.

죽음이란
자신의 흔적을
말끔히 지우고 떠나는 일이다.

대장간

나는
대장장이가 되고 싶다.

녹슨 칼을 벼리어
날을 세우고
닳은 보습을 두드려
새 것으로 만들어내는
대장장이.

이 날 선 보습으로
언 땅을 갈아엎고
꿈의 씨앗을 뿌리고 싶다.

연인의 눈썹 같은
초생달이
고목에 걸리면
사립을 빠져 나와
대장간 추녀 밑에서
첫사랑의 불을 지피는
산마을 처녀 총각.

그들의 속삭임이

달빛으로 흐르는
마을 어귀 대장간에서

김종서의 칼을 벼리어
38선을 끊고
통일을 이룰
그날을 향하여
무쇠를 달구는
풀무꾼이 되고 싶다.

손끝에 든 장미가시

뜰 앞 정원을 손질하다
조그마한 장미가시 하나가
손끝에 박혔다.

피가 흐르고 손끝이 아리다
바늘로 파내보려고 애를 썼으나
너무 작아 파내지 못하고
찔린 상처에 크림을 바르고
붕대로 싸맸다.

아득히 잊고 한 달여 지난 후
손끝을 살펴보니
주위 살들이 가시를 포옹하여
왕따를 시켜놓았다.

생살을 스스로 보호하려는
아름답고 뜨거운 열정
상처 난 부위를 어루만지며
어머님이 떠나가신 후
자력으로 살아가라는
무언의 가르침임을 깨달았다.
불보다 뜨거운 모성애.

사랑하는 연인에게
꽃 한 송이를 바치려고
장미 가지를 자르다가
그 화농化膿으로 죽은
시인 릴케의 사랑은
오늘도
연인들의 가슴속에 살아
따스하다.

문장교실

40여 년 시를 쓰면서
가슴속에 끓어오르는
시심들을
조국을 떠나 이국에서
외로워하는
동족들과 나누고 싶어
문장교실을 열고
모여라 문장 애호가들이여
땡땡땡 종을 치니

단발머리 문학소녀부터
할머니, 할아버지에 이르기까지
다양한 문학가족들이 모여든다.

하얀 종이와 펜을 들고
졸음 반 상념 반 얽히고 설킨
인생의 역정들을
몇 줄의 시와 수필
그리고 소설로 엮어 보려는
애절한 간구.

저는 여고시절 문학소녀였어요

나는 옛날에 《학원》에 글을 올렸지
멋쩍게 뒷머리를 긁적이는
백발노안白髮老顔.

이들은 하나같이
인생의 강물 자락에
자신의 영상을 투영해보고
수채화로 남기고 싶어 한다.
인생도 흐르고
문학도 흐른다.

겉보다 아름다운 속

속은 아름답다.
믿음은 영혼 속에서
사랑은 가슴속에서
시는 상상력 속에서

아기는 어머니 자궁 속에서
다이아몬드는 바위 속에서
진주는 바다 속에서

너는 나의 마음속에서
나는 너의 가슴속에서
사랑을 낳는다.

세속에 절어
때 묻은 얼굴에 분칠을 하고
밖을 나서 소나기를 만나면
원상으로 되돌아오는
허구虛構는 참담하다.

내허외화內虛外華의
아픔과 고뇌여!

보석은 동굴 깊숙이 감추고
인내의 나락奈落에서
진실을 잉태하는
속은 위대하다.

영릉英陵*에서

뜻이 높으시매
넓은 가슴에
어진 백성들의
애달픈 마음을 품으시고

문文이 깊으시매
나랏 말씀(國之語音)을 창제하사
만백성들의
언로言路를 여셨네.

여기는
경기 땅. 여주 고을. 왕대마을
천년 노송들도
성덕을 기려
주야, 사시장철
고개 숙여 푸르른데

미물微物
멧새들도
천지 사방에서 몰려와
ㄱㄴㄷㄹ
ㅏㅑㅓㅕ

나라 글을 익히네.

오늘도
임의 먼발치에서
미진未盡한 이 몸
훈민정음으로
시를 쓰는 기쁨이여.

*영릉은 경기도 여주에 있는 세종대왕 능임.

얼굴

저는 왜
얼굴이 이렇게 미워요
생래적生來的 마음의 고통을
그대는 진정 아는가?

시대가 변하고
세월의 바퀴가 굴러
이제는 뜯어고쳐, 모두 바꿔
현생現生의 얼굴에 칼을 들이대고
인조人造 미인으로 둔갑한
아찔한 모습
그대는 과연 누구인가?
삶의 세월이 칡넝쿨처럼 얽혀갔네.

죽음의 문턱에 이르러
연옥煉獄을 가려해도
염라대왕閻羅大王이
너는 누구냐 묻고

천국天國문에 이르니
수문장 베드로가
하나님이 주신

태초의 얼굴이 아니로구나.
나는 너를 전혀 모르겠다.
외면하네.

주여!
이 허영의 불쌍한 영혼에게도
마지막 한번의 기회를 베풀어주시고
영생의 쉼터를 내려 주옵소서.

프로메테우스의 간肝

코카사스 산정에
높이 매달린
프로메테우스의 간肝

아침마다
까치* 떼가 몰려와
마구 쪼아댄다.

밤마다 되살아나는
윤회의 모진 고통

마루를 넘는
석양이 토해놓은 선혈로
산자락이 붉다.

온갖 짐승들이
섹스를 끝내고
코를 골며 골아 떨어진
삼경三更

장대 끝에 효수梟首된
한 덩이 홍시紅枾는

마침내 별이 된다.

수여선水驪線

칙칙폭폭
칙칙폭폭

첫눈 내리던 날
할아버지 수염에
고드름 열리고
하얀 입김 뿜어내듯

수원水原에서 여주驪州
여주驪州에서 수원水原
헉헉 숨을 내쉬며
해맑은 인정을 가득 싣고
내 마을 앞
연라리 간이역을 달리던
통통기차 수여선.

영동선 고속도로가 뚫리면서
승객을 잃고
고별 프랭카드를
가슴에 두른 채
"여러분
그동안 감사했습니다.

안녕히 계십시오."
마지막 인사를 고했다.

팔월 보름 도포자락 같은
달빛을 밟고 와
오빠를 기다리던
숙이의 여린 마음처럼
가냘픈 코스모스가
간밤 꿈결 상념에 젖어
손을 흔든다.

옛 추억이
달빛처럼 슬프다.

조포潮浦*나루

지존至尊의 선비가
천한 뱃사공이 젓는
낡은 목선木船에
옥체玉體를 맡기고
청강淸江의 물살을 갈랐으리라.

인간의 정情이란
주고받을 수록
소리 없는 강물처럼
저리 깊어가는 것인데
사농공상士農工商 계층을
권력의 잣대로 그어놓고
가난한 백성들을
함부로 부리던 그들은
지금, 다 어디로 갔는가?

조포潮浦나루에서
서러운 세월 속에
소리 없이 낡아가는 목선木船은
사공의 노 젓는 소리가
옛 임의 숨결로 그립다.

산 노을이 붉은 이 저녁
신륵사 천년의 종소리가
여강驪江 물결에 티 없이 번지는데
오늘도
마암馬巖을 굽이돌며
한양漢陽을 향해
도도히 흘러가는
저문 강물소리.

사막 기행

벌거벗고 태어난 몸
어머님의 가슴처럼 뜨겁게 달아오른
모래밭을 타박타박 맨발로 간다.

생명을 탁발하기 위하여
맨발을 땅속 깊숙이 박아 둔
자수아나무 등걸처럼
목마른 세월들…

생명의 진수眞髓를 알려면
사막으로 가야 한다
데스밸리*로 가야 한다
안자보레고*로 가야 한다.

한여름 전신을 지열 속에 묻어두고
겨울비 멎은 후 솟아오르는
생명의 환희와 감동
죽음의 계곡에서 잉태된
탄생의 고고성呱呱聲이
모랫벌을 달군다.

모태母胎를 만나려면

또 하나의 생명을 잉태하기 위하여
이글이글 가슴 달아오르는
사막으로 가야 한다.

* 데스밸리. 안자보레고는 캘리포니아의 대표적 사막지대임.

이목구비耳目口鼻

귀로 들어
영혼의 양식을 얻고

눈으로 보아
인격의 양식을 쌓고

입으로 먹어
육신의 양식을 취하고

코로 맡아
악과 추를 구별한다.

이목구비는
오늘도 육신을 앞세우고
생명의 양식을 탁발하러
바랑을 등에 진 채
세속世俗으로 나간다.

하늘에 밝은 해는
인생의 희망으로 삼고
중천에 홀로 외로운 달은
뭇 중생들의 고뇌로다.

산천에 조석으로 비 뿌리니
만물들이 다투어 소생하고
산가山家에 덮인 눈에
지은 죄 맑게 씻기네.

4

산중문답山中問答

선죽교善竹橋

앞은
첩첩산중
뒤는
허허벌판

바라보면
가시밭길
돌아보면
회유의 물결.

"충신은 불사이군不事二君"
나의 지조는
일편단심一片丹心

선죽교 돌다리 위에
혈흔血痕으로 남아
청사青史에 길이 빛나는
문충공文忠公*의 애국혼愛國魂.

* 문충공 : 포은 정몽주의 시호.

백두산白頭山

흰 모시적삼
가려 입고
억년 세월
물동이를 이고 서서
압록, 두만 두 젖줄로
삼천리 금수강산을 적셔주는
임은
우리들의 자애로운 어머니
백두산.

천지天池는
정화수井華水로 넘치는
이 나라의 큰 맘이요
하늘 향해 솟은
늘 푸른 소나무들은
이 민족의 기상일레.

보라
어느 누가
이 나라 이 백성을
넘보랴, 범하랴

여기는
영원무궁토록
우리의 후손들이
민족혼을 씨 뿌리고
열매 맺을 텃밭이라

우리 모두는
조상들이 물려준
이 아름다운 땅에서
경천애인, 홍익인간의
거룩한 뜻을 기리며
혼 불로 타오르리라
단군조선檀君朝鮮의 자궁子宮
백두산.

비로봉毘盧峰

비로봉毘盧峰
우람히 솟아
일만 일천일백구십구 봉우리
어우르고

만폭동萬暴洞 큰 가람
주야로 몸을 낮춰
일천구백구십구
물줄기를 불러 모으는구나

팔만 구암자의
간절한 발원發源이
백탑동白塔洞에 서려
하늘에 닿았고

떠도는 구름도
만물상萬物相
오묘한 형상에 넋을 잃었네.

청산을 지나는
솔바람소리 들으며
천년 노송도

근심 없이 자랐는데

상팔담上潭八 실안개
팔선녀의 젖가슴을
가려 주는구나.

아홉 용이
구룡폭포를 뛰어내려
옥류동을 가르는
청아한 가락.

동해의 푸른 물굽이도
소리치며 달려오네
창생을 향한 높은 기상
천추만세에 빛나거라

아– 아–
우리 조국의 명산
칠천만 겨레의 연인
금강산아.

대동강

평양벌 굽어 도는
어머니 강
대동강.

엄마 찾아
굽이굽이 맴돌다가
모녀가 만난 기쁨에
얼싸안고
춤을 추는
딸의 강 보통강.

모란봉, 최승대
을밀대, 부벽루
청류벽의 풍광에 반하여
가던 발길을 멈추고
넋을 잃은
모녀의 강.

한석봉韓石峯. 김황원金黃元도
일필휘지一筆揮之
서경西京 대동문, 연광정이라
이끼 낀 천년의 세월이

어제와 같이
창창蒼蒼히 흐르는
류경柳京
대동강, 보통강.

묘향산妙香山 보현사普賢寺

천년 세월
탐밀探密. 광곽廣廓 스님의 설법이
오묘한 향으로 번져
풍경소리로 울리고

하늘 찌르며 솟은
청솔들도
바람이 불면
쏴아쏴아
왜구의 칼날 앞에
굳건히 나선
서산대사西山의 우국충정이
천추만세에 빛나네.

대웅전 뒤뜰의 갈대들도
사르르 사르르
잠든 민족혼을
일깨우는 이 아침
겨레의 혼 불로 타오르는
거룩한 염원이여.

호국발원의 목탁소리가

이 나라 이 겨레 가슴속에
영원무궁토록
함께 하리라.

백담사百潭寺

겁劫의 세월을
밤과 낮으로
몸을 낮춰 흐르는
시냇물

백담百潭의 가슴마다
거울을 이루고
그 품에
삼라만상森羅萬象이 담겨 있네.

지나는 바람결에
울리는 풍경소리도
자장慈藏, 만해卍海 스님의
독경소리로 번지고

흐트러진 마음
허기진 모습으로
굽은 길을 올라와
바른 자세
곧은 마음으로
산을 내려가는
빈자貧者들의

가벼운 발걸음들....

실바람에도 눕는
풀숲 길을 따라와
지조로운
설송한천雪松寒天을
발견하곤
눈이 번쩍 뜨이는
일체중생一切衆生들에게
대웅전 부처님은
청정심淸淨心
큰 뜻 품고 살라하시네

티끌 같은 세속의 마음을
씻어주려고
저문 밤길을 황급히 내려가는
세심천洗心川 맑은 물소리.

록키 마운틴Rocky Mountain[*]

머리에는
만년설을 소복이 이고
호형호제 발돋움하며
하늘을 우러르는 록키 산이여!

발 아래는
의연한 풍모에 끌려
밤낮을 소리쳐 흘러가는
청옥靑玉빛
Bow 강 물결소리.

검푸른 석산을
병풍처럼 둘러선
천년 노송들과
살랑살랑
손 흔들어 환호하는
Trembling Aspen 숲들…….

사슴, 엘크 족들도
마을로 내려와
이웃하자 거니는데

지나는 길손의 마음도
구름으로 흐르고
달빛으로 흐르고
바람으로 흐른다.

오늘도
겁의 세월을 향하여
지조志操로운 천품으로
초연히 서 있는 록키 마운틴

억년
빙원氷原의 옷자락이
백옥처럼 눈부시다.

* Rocky Mountain : 캐나다에 있는 산 이름.

샌프란시스코의 가을

하늘하늘
가냘픈 몸매
코스모스 몇 그루
새벽안개
면사포로 드리우고
방울방울
진주를 달았구나.

붉은 잎에는 붉은 진주
하얀 잎에는 하얀 진주
분홍 잎에는 분홍 진주
아침 햇살에
영롱히 빛나는
너의 얼굴.

청옥 물결에
발을 담그고
홍포紅布를 걸친 채
임을 기다리는 금문교金門橋여!

세월이
구름으로 흐르고

달빛으로 흐르고
바람으로 흐른다.

오늘은 가는 사람
내일은 오는 사람
그리움으로 깊어가는
샌프란시스코의 가을.

49Eras* 구장에서

장비와 여포가
한판 벌인다기에
산중 선비가
세상 구경을 나갔것다.

장비가 장팔사모를 내두르며
비룡승천飛龍昇天의
묘기를 펼칠 때마다
6만 5천 개의 입에서
포효가 터져 나와
지축을 흔들고

여포의 장창이 한번 솟구치면
13만 개의 팔 다리가
깃발처럼 나부끼며
태산 같은 구장이 요동을 친다.

저 광란의 힘은
과연 어디서 나오는가
한번 북소리가 진동하면
하늘이 뚫리고
구름이 떠밀려가는구나

통술이 금새 동난다.

터치다운 한 번에
바위가 갈라져 용암이 분출하고
천만 길 지하 수증기水蒸氣가
열기를 뿜어댄다.

발산하고픈 자의 욕망과
폭발하는 자의 몸짓이
서로 맞아 떨어져
젊음의 욕구가 충족되는
광란의 현장.

삶의 온갖 스트레스와 고통을
굉음의 함성으로 쏟아버리고
무장지졸無將之卒처럼 훌훌히
제 둥지로 흩어져 되돌아가는
허전한 발길들…….

금문교 다리발을 흔드는
분노의 파도가 가슴을 두드리면
저들은 또다시 몰려와

고래고래 소리를 지르며
쌓인 분노를 쏟아 버리리라.
여기는
대리 만족의 거대한 동굴.

추석 秋夕

仲秋月夕 江山輝
離散家族 故鄕來
先祖蔭德 後孫奉
家家戶戶 喜聲滿

추석 달 밝아 강산에 가득하고
헤어졌던 가족들 삼삼오오 고향으로 돌아오네.
조상님들의 크신 음덕을 후손들이 받드노니
집집마다 기쁨의 웃음소리 가득히 넘치는도다.

여강驪江 연인교戀人橋

여강驪江을 가로질러
절경 영월루迎月樓와
명찰 신륵사神勒寺를 잇는
옛, 여주대교
연인의 다리.

발 아래는
명주비단자락
푸른 물굽이가 넘실거리고

밤마다
아련한 달빛이
박꽃으로 피어
내 님의 맑고 고운 옷자락.

너와 나는
이 연인의 다리를
손 마주잡고 거닐면서
사랑을 싹틔우고
꽃을 피운다.

오늘도

애틋한 그리움이
외등 불빛으로 번져
내 고향
여강의 가슴속에
한 폭의 그림으로 정겨운데
해맑게 씻기운 은모랫벌 위에
사랑의 발자국을 나란히
추억으로 아로새기자.

에메랄드 레익Emerald Lake[*]

하늘은
구만리 장천長天

물은
천만 길 취옥翠玉 항아리

누구를 찾아
저리 높았는가.

무엇을 찾아
저리 깊었는가.

하늘은
쪽빛 눈망울

호수는
내 누님의 청옥靑玉 가락지.

* Emerald Lake : 캐나다 록기산맥 중턱에 있는 호수 이름.

산중문답 山中問答

춘삼월 제비 떼는
봄소식을 물어오고
구시월 기러기 무리들은
소리 높여 귀향 문안 드리네.

하늘이 맑으면
들에 나가 밭을 갈고
날이 궂으면
서재에 들어 책을 읽노라.

하늘에 밝은 해는
인생의 희망으로 삼고
중천에 홀로 외로운 달은
뭇 중생들의 고뇌로다.

산천에 조석으로 비 뿌리니
만물들이 다투어 소생하고
산가山家에 덮인 눈에
지은 죄 맑게 씻기네.

흐르는 시냇물은
새 세월 실어오고

떠나가는 바람결에
청춘이 늙어가는구나.

섭리로 만난님과
사랑을 엮어가니
자손창성 부귀공명
이 아니 기쁜가.

숲속의 새소리는
너의 음성.
동구 밖 산수유는
나의 마음.

산모롱이 붉은 진달래는
너의 얼굴
뒤뜰 오얏꽃은
선비의 자존심.

계곡의 청죽靑竹은
너의 정절貞節
언덕의 청송靑松은
나의 지조.

뜰 앞 도화桃花는
너의 자태姿態
계곡의 물소리는
나의 환영의 찬가讚歌.

돌 담가 국향菊香은
너의 향기
창가의 매화는
나의 시심詩心.

오늘도 청산을 향하여
소리쳐 너를 부르니
나 여기 있소 달려가오.
힘차게 화답하네.

새벽안개 병풍처럼 둘리우고
백운이 강산을 굽어보며 떠도는데
산마루에 걸린 노을은
조석으로 홍조를 띄우는구나.

버들가지 물 올라
치렁치렁 늘어지니

나비 떼들 몰려와
덩실덩실 춤을 추고

산다아고山多我高 추계동秋溪洞에
수봉秀峯이 우거寓居하니
원근의 정든 벗들 구름처럼 찾아드네.
여기가 바로 나의 무릉도원이로다.

연가_{戀歌} · 2

静山不言　萬年靑
綠水晝夜　回山去
吾愛戀慕　日日深
今夜夢中　願相逢

고요한 산은 말없이 만년을 푸른데
녹수는 주야로 산허리를 휘감고 흘러가네.
내 그대를 사랑하는 마음은
나날이 깊어만 가나니
오늘 밤 꿈에라도 임을 뵈올 수만 있다면……

새봄에 부치는 시(新春賦)

雁去萬里 孤高聲
燕來千里 歸巢信
蝶舞花間 紛紛雪
百花爛漫 香薰庭

말리 길 떠나가는 기러기 울음소리 홀로 외롭구나.
천리 길 달려왔다 제비들 반갑게 봄소식 전하네.
나비 떼들은 아름다운 꽃 사이를 눈송이 날 듯하고
백화는 만발하여 그 향기 나의 뜰을 가득 채우네.

청한淸閑

天山之氣　旭日勝
春夏秋冬　花開落
秀峯山莊　晴雨來
富貴貧賤　浮雲去

하늘과 산을 우러르는 큰 기운은
끝 간데없이 솟아오르는데
사시장철 꽃은 피고 지는구나.
수봉 산장에는 철따라 날이 맑고 흐리건만
부귀빈천도 한낱 뜬구름같이 멀어져만 가네.

수봉자훈 秀峯自訓

秀峯之仁 養吾節
鄭重修行 信友愛
用眞之心 平生訓
好學勉勵 施於德

빼어난 산의 자애로움으로 나를 다듬어
정중한 행동으로 벗을 신뢰하고
진실한 마음으로 평생을 수련하여
깊은 학문과 덕을 쌓아 베풀며 살리라.

수봉 귀거래사秀峯 歸去來辭

나 이제 추계동秋溪洞
새 고향에 짐을 풀고 살리라
한 때는 온 세상이 다 내 것인 양
날뛰고 방황하였으나
이 모두가 헛꿈이요
헛일이로다.

마음을 펴려 하여도
펼 자리가 없고
선을 행하려 하나
악의 뿌리가 너무 깊구나!

이 세상에 태어나서
험한 인생의 밭을 갈면서
삶의 고귀함을 배웠고
이웃과 더불어 정을 나누며
후회 없이 살아보려고
동산에 해가 뜨면 일어나
서산에 황금빛 노을이 걸릴 때까지
땀 흘려 일하고
손발이 부르트도록 애를 썼나니

그 어느 누가 나를 탓하며
내 누구를 원망하랴
부귀를 원하였으나
이 모두 부질없고
공명을 바랬으나 허사임을
이제 늦게 깨달았노라.

내 인생에서
지금 이 시간이 참 나의 시간이요
오늘 내 모습이 참 나 자신이로다.

내가 남을 향하여
웃음을 보내면
남도 나에게 미소로 화답하고
내가 남을 향하여 얼굴을 붉히니
남도 나에게 화를 내는구나.

나의
진정한 고향은
경기도 여주군驪州郡 여주읍 가업리稼業 50번지
북성산北城山과 구곡산舊谷山이 마주보고
연하천煙霞川이

마을 심장을 굽이도는 황금들
송진덩이같이 찰진
자채쌀이 풍년인
청명한 땅이지만은
하늘이 내게 명하여
San Diego County Fallbrook(秋溪洞)에
아브라함처럼 옮겨 와서
아내와 함께 자식들을 키우며
시심詩心을 닦았나니
이 땅 여기가 바로
나의 새로운 고향이로구나.

나는 이 새 터전에
인생의 닻을 내리고
남은 여생
창작의 밭을 갈아
씨를 뿌리고
열매를 거두며
후회 없는 삶을 엮으리로다.

내가 남을 탓하니
남도 나를 원망하는도다

어허!
이 모두가 빈 꿈이요
허영에 찬 가식이로다.

하늘은
땅을 향하여 빛을 발하고
산천초목들은 단비를 맞으며
춤을 추는구나
철따라 백화가 만발하고
그 향기가 울안에 가득하여라.

여름에는
곡식과 과목에
물과 거름을 주고
가을에는
주렁주렁 열린
과일들을 거두어 들이며
찾아오는 친구들과
나누어 먹으리라.

그러나 나는
신륵사神勒寺 종소리가

여강驪江에 울려 퍼져
푸른 물굽이로 요동치고
백자를 굽는 학동鶴洞의
저녁 연기를 잊을 수가 없구나.

어릴 때 벌거벗고 미역을 감던
고향의 정겨운 친구들
이제는 머리에 서리가 내려
하나 둘 이승을 떠나가고
어린것들이 미루나무처럼 자라서
눈앞에 가득하니
이제 무엇을 더 바라며 원하랴
참으로 가슴 벅차고
감사가 넘쳐나네.

떠나온 조국이 하도 그리워
문 앞에는 우리나라 국화國花
무궁화를 심었고, 울 가에는
산수유, 대추, 사과, 배, 밤, 자두, 포도, 앵두,
석류, 감, 오렌지, 레몬, 자몽, 목련, 개나리,
장미, 국화와 세한삼우歲寒三友를 심었도다.
이들이 철따라 꽃을 피우고

향기를 발하며 열매를 맺으니
참으로 고향인 듯싶구나.

미주 문협에서 문우들과 시심을 논하고
오렌지 글 사랑 모임에서 후진들의
창작지도에 힘을 쏟으니 이보다 더한
삶의 보람이 어디 있으랴
나 이제 새 고향에 머물며
미주의 문물을 더욱 익히고
성경을 읽고, 공맹孔孟의 덕을 쌓으리라.

날이 맑으면 과원에 나가
과목을 다듬고
날이 흐리면
벽난로에 불을 지피고
고전을 읽고, 시를 쓰면서
고금의 진리를 깨우치리니
내 고향 여주인驪州人
목은牧隱 이색李穡과
백운거사白雲居士 이규보李奎報의
시심을 닮기를 원하노라.
나 그동안

한얼의 민족혼을
일깨우는 심정으로
시를 짓고 글을 썼으며
동포들의 건강을
염려하는 마음으로
꽃을 심고 과목을 다듬으며
농작물을 길렀도다.

추계동 산가에는
봄에는 장미주가
가을에는 국화주가
숙성하여 향을 발하나니
함께 나누어 드세나

천명이 다하여
이 세상을 떠나는 날
나의 육신은
Rose Hills Memorial Park
Adoration Meadow 3435-3,4에 쉬며
영혼은 천국에 들어가 주님을 섬기면서
영생의 축복을 누리고
밤에는 은빛으로 쏟아지는

달빛을 받으며 별을 헤고
낮에는 태평양 넘어 떠나온
조국을 바라보면서
후예들을 위하여 기도하리라
조국과 미국과 이웃을 사랑하리라.

달빛을 받으며 별을 헤고
낮에는 태평양 넘어 떠나온

우리 모두는
메말라 시들어가던
가든 그로브 거리에
물을 주고 씨를 뿌려
상록수의 거리로 바꿔 놓은
저력의 코리안들

한얼의 백성들이여!
청교도들이
믿음으로 건국한
이 광활한 신대륙에
우리의 선조들이 물려준
은근과 끈기로 땀 흘려
민족혼의 푸른 꿈을 심자.
-〈민족혼의 푸른 꿈을 심자〉중에서

드리는 시詩들

민족혼의 푸른 꿈을 심자
-〈오렌지카운티 한인 이민 30년사〉 발간에 부쳐

여기
동해의 푸른 물굽이가
태평양을 힘차게 달려와
뉴포트 비치에 굽이치는

미 서부대륙 황금벌
오렌지카운티에
이민 정착의 닻을 내린
백의민족의 후예들

우리 모두는
메말라 시들어가던
가든 그로브 거리에
물을 주고 씨를 뿌려
상록수의 거리로 바꿔 놓은
저력의 코리안들

한얼의 백성들이여!
청교도들이
믿음으로 건국한
이 광활한 신대륙에
우리의 선조들이 물려준

은근과 끈기로 땀 흘려
민족혼의 푸른 꿈을 심자.

보라!
이 시각에도
부모들이 심어준
코리안의 긍지를
가슴속 깊이 간직하고
진리의 얼을 캐는
초롱초롱한 눈망울들

이들은 먼 후일
우리가 정성으로 심은
향기로운 오렌지를 수확하며
승리의 노래를 부르리라.

지금은 힘겹고
오늘은 벅차고
눈물겨울지라도
정성과 신념을 다하여

한민족의 얼

한민족의 땀
한민족의 힘으로
이 젊은 대륙
넓은 가슴에
새로운 조국
우리들의 고향을 건설하자.

웅대한 백두산의 정기를 품고
힘차게 달려 온 개척자들이여
이 나라 이 땅에
위대한 주인이 되자.

붓은 정신의 깃발이다
-〈뉴욕 중앙일보〉 창간 10주년 기념

대서양
푸른 물결이
용솟음쳐 흘러드는
이 뜨거운 아침.

한韓의 얼
한이 피
한의 꿈으로

젊은 대륙
넓은 가슴에
또 하나의
고향을 심는
우리는 코리안의 후예들…….

태평양
수평선 그 위로
조국의 숨결이
물보라 치는 이 아침.

우리 칠천만 겨레는
같은 언어와

같은 문자와
같은 모습으로

조국의 통일을 염원하는
한의 얼
한의 피
한의 꿈
너는
정필정론正筆正論
정사정민正思正民의
그 붓으로

조국과
이민들의 발길을
자유와 정의
번영과 통일로 인도하는
시대의 목탁木鐸이 되라.
마지막 증언자가 되라.

보라!
평화로운 얼굴로
미소 짓는

자유의 여신과
하늘을 찌르는
웅자雄姿의 숲들…….

이 시각에도
저 황량한 대륙 위에
우리의 민족혼을
심어 나가는 저들의
영원한 안내자가 되라.

붓은
영혼의 불꽃이다,
정신의 깃발이다.
잠든 민중을 깨우는
진리의 종소리다.

오늘도
땀 배인 이민들의
개척의 발자취를
모국어로 아로새기는
뉴욕 중앙일보여!

　　　(9/21/1994)

〈축시〉

어두운 곳에 그리스도의 빛을
–〈크리스천 포스트〉 창간에 부쳐

여기
"너희는 땅끝까지 이르러
나의 증인이 되라"
이르시는
주님의 말씀을 받들어
선교 길을 예비하는
손길이 있다.

너는 귀가 있으되
복음을 듣지 못하여
죄인이 된 형제들과

사랑을 구하되
따사로운 손길이 없어서
외로운 영혼들
빵을 구하되
베푸는 마음이 고갈되어
주리는 생명들의
길잡이가 되라.

모세가
시내 산에서

돌판을 손에 들고
하나님으로부터
십계명을 받는

그 마음
그 겸손
그 감격으로

어두운 곳에는
그리스도의
생명의 빛을

눌린 곳에는
그리스도의
고귀한 자유를

닫히고 막힌 곳에는
그리스도의
부활의 십자가를 증거하라.

지금 이 시각에도
말씀에 목마른 절규가

러시아에서
중국 대륙에서
북한의 우리 형제들에게서
들려오고 있다.

네가 가는 곳을
"밤에는 불기둥으로
낮에는 구름기둥으로"
주님이
지켜 주시리라
너희 힘이 되어 주시리라
크리스천 포스트여.

어두운 곳에
그리스도의 빛을 전하는
이 시대의
위대한 사명자가 되라.

한얼의 종소리로 울려라
−〈미주 한국일보〉 창간 38주년 기념

미주 한인들 모두는
승리의 꿈을 안고
신대륙에 닻을 내린
코리안 파이어니어들…….

창사 38년!
장년의 중후한
언품言品으로 자라
훈민정음으로
민족혼을 일깨우는
자랑스러운 한국일보여.

이제 너는
한국인의 힘
한국인의 정신
한국인의 끈기가
그로벌 시대를 이끌어가는
이민 성공의 원동력임을
세계에 당당히 알리거라.

어제는
우리 모두가 힘겹고

벅차게 살아왔을지라도

오늘은
이웃을 위하여
조국을 위하여
미국을 위하여
지혜와 능력과 경제력을
되돌려 주어야 할 때이다.

한얼의 형제들은
이민 백년의 맥박 속에
땀 흘려 갈고닦은
명철한 지성으로
겸양의 덕성으로
투쟁의 야성으로
이 땅에 바르게 정착하자.

이른 아침마다
고속 윤전기의
짙은 잉크냄새가 배인
새 소식을 기다리는
해외동포들의 사랑과

간절한 기다림을
너는 항상 기억하여라.

이민 개척의 삶이 답답할 때
네 가슴을 두드려
새 힘을 공급받고 해답을 얻는
동족들의 신문고申聞鼓가 되어라.

이 푸르고 광활한 대륙에
한민족이 내일의
역사 창조의 주역임을 알리며
더 높고, 넓고, 멀리
한얼의 종소리로 울려라
미주 한국일보여!

새 여주 창조의 횃불이 되라
-〈여주신문〉 창간 12주년에 부쳐

북성산 줄기 힘차게 뻗어
여주 황금벌을 낳았고
여강의 도도히 흐르는 물결
기름진 옥토를 빚은
대한의 심장 여주.

이 찬란한 소식을 세상에 알리려
첫발을 내디딘 지 어언 12주년
참으로 기쁘고 아름답구나.

우리들의
자랑스러운 고향 여주는
성군 세종의 음덕이
세세연년 청솔로 살아 푸르르고
국모 명성황후의
애국혼이 넘쳐흐르는
천하제일의 복지.

기름기가 잘잘 흐르는
대왕님표 자채쌀로 우리 모두는
육신을 강하게 키우고
백운거사 이규보, 목은 이색, 스승들의

문학정신을 가슴에 익혀
나날이 정진하기를 바라네.

너는
이른 새벽마다
고속 윤전기의
짙은 잉크냄새가 배인
새 소식을 기다리는
독자들의 심정을 헤아려
내 고향 건설에 앞장서는
길잡이가 되라.

향민饗民의
말 못하며 힘든 그 아픔과
숨어서 봉사하는 선행, 그리고
악으로 남을 해하는 자들의 비행을
낱낱이 고하며

바른 생각正思
바른 언어正릁
바른 행동正行으로
모든 독자들의

사랑을 받는 목탁木鐸이 되어라.

칼보다 강한 붓과(正筆)
정의를 외치는 힘찬 논술(正論)은
언론의 참 생명임을 명심하여
새 여주 창조의 횃불이 되라.
여주신문이여!

이창식 목사님 영전에

조국을 잃어
민족이 방황하던 1927년
만주 땅 용정에서 태어나
믿음의 가정에서 자라
주님의 소명을 받고
목자의
어려운 길을 택하신
이창식 목사님.

아브라함처럼
정든 고향을 떠나
이민의 고비 길에서
힘겨워 방황하는
어린 양 떼들에게

모세의 지팡이를 들어
예수 그리스도의
생명의 밝은 빛이
저기 있다 가르치시던
이 시대의 크신 전도자.

님은

저희들이 사랑하는
믿음의 아버지이십니다.

항상
사랑의 말씀을 가슴에 담고
겸손의 띠를 허리에 두르고
봉사의 덕을 손수 보이시며
순종과 인내의 삶으로
78수를 복되게 엮으신
아름답고 귀한 열매.

이제
여기 모인 저희들 모두는
천사의 도시에서
육신의 얼굴로는 이별하지만
주님께서 예비하신
영원한 본향이 있기에
슬픔과 눈물을 감추옵니다.

우리 모두가 남기고 떠나온
조국 땅이 바라다 보이는
장미동산에서

안식을 누리시며
영혼은 주야로 갈망하시던
하늘나라에 입성하시어
주님의 사역에 동참하시기를 기도합니다.

수고하셨습니다.
천국에서 영생의 축복을 누리소서.

믿음을 지키는 성도들
―〈일신 장로교회〉 헌당에 부쳐

참으로
아름답도다.

주님께
영광을 돌리기 위하여
벽돌 한 장 기와 한 쪽을
정성을 다해 쌓아올려
새 성전을 헌당하는
신실한 성도들이여.

우리 모두는
청교도들이
복음의 씨앗을 뿌린
광활한 신대륙에
정착의 닻을 내리고
땀 흘려 개척하는
코리안 청교도들.

여기
성령의 불빛을 찾아와서
육신이 약한 자가
새 힘을 얻고

심령이 가난한 자가
믿음으로 거듭나고
마음이 어두운 자가
참 소망과 사랑을 얻었나니

어린이는
천사와 같이
지혜롭고
젊은이는
다윗같이 강건하고
어른들은
아브라함같이
천복을 누리시네

회개를 통한
사죄의 은총과
구원의 약속과
영생의 축복이
이 제단에
차고 넘치기를 기원하노니

장차 받을 상이 크도다
하나님의 말씀으로
나날이 자라나는
일신장로교회 성도들이여.

새 일을 행하리라
-〈미주목회〉 창간에 부쳐

온 세상이 어두워
점점 더 어두워
아픔과 분노로 가득 차
땅이 흔들리고
쓰나미가 흉흉히 넘쳐
아비규환으로 방황하는
길 잃은 양 떼들을 보라.

저들은
얼마나 간절하게
그리스도의
고귀한 사랑과
거룩한 희생과
부활의 소망을 갈망하는가.

여기는
너와 내가 신을 벗고
바로 서기로 다짐하는
청교도들의 간절한 기도와
수고의 땀이 배인
거룩한 영토.

이 광활한 대륙에
우리의 후손들을
믿음의 씨앗으로 뿌려
생명의 열매로 거두자.

우리 모두는
새 하늘과
새 땅을 갈망하는
믿음의 형제들…….

주님의 사랑을 전하기로
부름 받은 목자들이여
죽음을 넘어
생명의 참빛이 저기 있다고
모세의 지팡이를 들어
힘차고 당당하게 알리거라.

이 아침 너는
홰를 치고 일어나
어두움을 깨쳐 여명을 알리는
장엄한 나팔이 되어
주님의 복음을 땅끝까지 전하는

승리의 사자가 되라.

회개를 통한
사죄의 은총과
구원의 약속과
영생의 축복이
어디서 어떻게 오는가를
힘써 알리거라.

인류를 죄에서 구원하려는
예수 그리스도의
생명의 그 빛이 얼마나
아름답고 거룩하냐.

<축시>

일어나 빛을 발하라
―<팔로마 한인교회> 창립 10주년 기념

여기
청순한
비둘기 떼들이 모여
평화의 알을 품는
팔로마 산자락에

예수 그리스도의 말씀을
씨 뿌리고
김을 매고
물을 주는
믿음의 성도들이 있다.

나보다 약한 사람들을 위하여
기도하는 교회
내가 태어난 조국을 위하여
기도하는 교회
우리의 후손들이 뿌리를 내릴
새 영토를 위하여
기도하는 교회.

성도들은 목자를 위하여
목자는 성도들을 위하여

가슴을 기우려
기도하는 팔로마 제단.

복되어라
순종의 띠를 두르고
봉사의 신을 신고
성전을 들고나는 성도들이여.

주님의 고귀하신 축복이
곧 네게 임하리니
범사에 감사하라
죽도록 충성하라
서로 사랑하라
팔로마 성도들이여
일어나 빛을 발하라.

청솔 향으로 푸르거라
−〈미주 한국일보〉 신년시

청솔향으로 푸르거라
오늘과 내일
그리고 영원을 향하여
벅찬 이민 짐을 꾸리고
태평양을 건너온 한민족들…….

이 넓고 젊은 대륙에
백두대간의 혈맥으로 줄기차게 뻗어
금강송金剛松의
푸른 기상으로 자라거라.

민족의 힘은 어느 누가
거저 주는 것이 아니라
너와 나의
땀 흘린 수고로
아름답고 풍성하게 열매 맺는 것
우리 모두는
미주의 보석 샌디에고에
닻을 내린 개척자들.

내게 주어진 사명에 정성을 쏟으며
지혜롭게 처신하고

당당하게 후손들을 키워
조국을 위하여
미국을 위하여
세계를 위하여
새 역사창조의 위대한 주인이 되자.

오늘도
청솔향으로 푸르게 자라나는
대한의 형제들이여.

샌디에고의 아침
-〈미주 한국일보〉 신년시

이른 아침
창을 열면
동해의 푸른 물굽이가
발 아래 넘실거리고
오늘 하루
또 하나의 꿈이
오렌지향으로 익어가는
세계 5대 미항
샌디에고.

우리 3만여 한민족들은
백만의 숨결 속에서
새로운 조국의
텃밭을 일구며
민족의 힘을 키워나가는
코리안 파이어니어들

청교도들의
간절한 기도로 이룩한
거룩한 땅에서
백의민족의
푸른 꿈을 키워나가자.

이웃을 사랑하는 사람은
행복하다
동족을 사랑하는 사람은
행복하다
조국을 사랑하는 사람은
더욱 행복하다.

너와 나는
안일의 깊은 잠을 털고 나와
태평양을 거슬러 떨쳐오는
동해의 저 힘찬
물결소리를 들으며
감동과 환희의 벅찬
을유년
새 아침을 맞이하자.

금혼金婚에 빛나는 고귀한 사랑
–박승준 · 정숙 내외분 금혼식에 부쳐

뜻은 하늘에 달하고
마음은 바다에 이르러
숱한 사람들 중에 부부로 손잡고
금혼金婚의 농익은
고귀한 부부의 사랑.

만고풍상萬古風霜
고락苦樂을 함께 하며
산을 넘고 물을 건너
오는 길이 거칠수록
잡는 손에 힘을 더하고
가는 길이 험할수록
그대의 손은 따뜻했네.

인생 칠십 고래희人生七十 古來稀
주님의 축복으로 여기에 이르러
오늘은
산수연傘壽宴을 베풀고
자손 헌수獻壽하며
교우들 축하드리네.

인생 백년이 아무리 길다 한들

주님 품속의 영생을 따르랴
아름다워라 늙기도 서러우신데

왼손이 하는 일을
오른손이 모르게 봉사하는
희생정신의 귀감이여!

박승준 · 정숙 내외분
수壽는 백세에 달하도록
강령康寧하시고
주님을 향하여
천복天福을 누리소서.
아멘-

소걸음으로
-〈미주 한국일보〉 신년시

느릿느릿
쉬지 않고
뒤도 돌아보지 않고
오직 앞만을 향하여
뚜벅뚜벅 걸어가는
말없는 소.

거친 풀을 먹고
반추를 계속하면서
먼 산을 향하여
음메에---
너는 인고의 화신이다.

코에는 코뚜레를 끼고
등에는 멍에를 메고
예수님처럼
죄 없이 채찍을 맞으며
묵묵부답으로 쟁기를 끌고
황토를 옥토로 일구는
농심農心의 상징.

죽어서도

살과 가죽과 우유를
유품으로 전해주며
살신공양殺身供養으로
인간들을 돕는구나.

해외 동포들이여
샌디에고 형제들이여
우리들도 미주 땅에 이민 와서
소처럼 땀흘려 일군
이 황량한 신대륙에
한민족의 얼
한민족의 꿈
한민족의 힘을 심자.

우리의 후손들이
이 나라 역사의 주인이 될
영원한 내일을 위하여!

땅의 찬가

새벽잠을 털고
창을 열면
대지의 숨 쉬는 소리가 들린다.

땅 땅 땅
잠든 영혼을 흔들어 깨우는
저 우렁찬 함성
어느 총소리가
이보다 강하랴
더 통쾌하랴.

살아도 땅
죽어서도 땅
우리 선조들의 발자국이
면면히 아로새겨진
거룩한 텃밭.

나무들이 곧추서서
하늘을 우러르고
뭇 새들이 우짖는 소리를 들으며
주렁주렁 맺힌 열매가
성숙한 이후

낙엽귀근落葉歸根의 철리를 일깨우는
생명의 스승.

그 깊은 가슴을 가르고
소리치며 몸을 낮춰 흐르는 시냇물
땅은 생성소멸의 전장戰場
어머니의 영원한 가슴이다.
《아침의 향기》 09. 1월호 서시

설중매雪中梅로 피어 오른 시심詩心의 향연饗宴

기영주

|시인 | 미주문협 이사장 | 의사 |

수봉秀峯 정용진鄭用眞 시인은 1971년에 도미하였다.

지난 35년동안 농장을 경영하면서 시를 써오고 있다. 한때 농장에 장미나무가 6만여 주나 있어서 〈에덴장미농장〉이라고 부른다.

81년에 첫시집 〈강마을〉을 세상에 내놓은 이후 5권의 시집과 2권의 수필집을 펴냈다. 미주문학상, 한국 크리스챤 문학대상 그리고 The International Library of Poetry와 The International Society of Poets에서 각각 상을 받았다.

한국 군사독재 시절에는 민주화운동에 적극 참여했으며 80년대부터는 미주문인 사회에서 많은 활동을 했다. 미주 한국문인협회의 이사장과 회장을 역임한 바 있다. 현재 미주 문협 이사이고, 〈오렌지 글사랑 모임〉 고문이다. 또한 〈샌디에고 문장교실〉을 운영하고 있다. 그가 많은 일을 할 수 있었던 것은 그의 근면함과 매사에 성심을 다하는 생활 방식 때문일 것이다.

　그의 시에는 도전에 대한 호쾌하고 활기찬 반응이 나타나
있다.
　정 시인의 고향은 경기도 여주이다. 그의 고향사랑은 대단
하다.

　　　산노을 붉은 이 저녁
　　　신륵사 천년의 종소리가
　　　여강 물결에 티없이 번지는데
　　　오늘도
　　　마암을 굽이돌며
　　　한양을 향해
　　　도도히 흘러가는
　　　저문 강물소리
　　　　　　－ 〈조포나루〉 부분

다시 그의 고향찬양 시 〈영릉에서〉를 보자.

　　　여기는
　　　경기 땅 여주 고을, 왕대마을
　　　천년 노송들도
　　　성덕을 기려
　　　주야, 사시장철
　　　고개 숙여 푸르른데

　　　미물微物
　　　멧새들도

천지 사방에서 몰려와
ㄱ ㄴ ㄷ ㄹ
ㅏ ㅑ ㅓ ㅕ
나라 글을 익히네.

오늘도
임의 먼발치에서
미진未盡한 이 몸
훈민정음으로
시를 쓰는 기쁨이여.

《설중매雪中梅》는 정 시인이 고희를 맞이하여 펴내는 여섯 번째 시집이다.

시집을 낼 때 몹시 아끼는 시이지만 여러 가지 이유로 시집에 집어 넣지 못하는 경우가 많이 있다. 정 시인은 이 시집에 요즈음 쓴 시들과 함께 그가 아끼던 시들을 많이 포함시켰다고 한다. 따라서 정 시인의 사상과 인간적인 솔직한 면을 볼 수 있는 시들이 많다. 이 시집의 맨 앞 〈시인의 말〉에서 정 시인은 '글은 곧 사람(文卽人)'이라고 했다.

이 시집에는 정용진이라는 사람이 들어 있다. 또한 이 시집의 이름을 설중매로 정한 것은 깊은 의미가 그 안에 있을 것이다.

이 아침
세한삼우歲寒三友

올곧은 선비의
지조志操로운 천품天稟으로
산가山家를 가득 채우는
설중매의 그윽한 향기
　　　－〈설중매〉의 마지막 연

　정 시인은 근면한 농부이면서 선비 같은 지식인이고 순박
하고 정겨운 시를 쓰는 서정시인이다. 그리고 정용진 시인의
가정은 시인의 집안이다. 여동생 정양숙 시인. 남동생 정용
주 시인이 국내외에서 왕성하게 활동하고 있다. 한 집안에서
당대에 세 명의 시인이 나온다는 것은 그리 쉽지 않은 참으
로 경사스러운 일이다.

　나 이제 추계동秋溪洞
　새 고향에 짐을 풀리라.

　－〈수봉 귀거래사秀峰 歸去來辭〉에서
시인은 다음과 같이 끝내고 있다.

　부귀를 원하였으나
　이 모두 부질없고
　공명을 바랬으나 허사임을
　이제 늦게 깨달았노라.

　내 인생에서
　지금 이 시간이 참 나의 시간이요

216

오늘 내 모습이 참 나 자신이로다.

고희에 이르러 인생을 바로 보고 그대로 정리하고자하는
시인의 고뇌를 우리는 보아야 한다.

첫째 묶음 〈꽃〉에는 24편의 시가 있다.
정 시인은 꽃에 대한 시가 많아서 백여 수가 넘는다고 한
다. 어쩌면 모든 시인은 탐미주의자일 것이다.

꽃이 되고 싶다
청초하게 피어
임을 기다리는
그 마음
　　　　－ 〈꽃〉의 첫연

마음이 허전하기에
빈 접시 하나를
창밖에 내어놓고
잠자리에 들었더니

이른 아침
접시에 가득 담긴
가을 향기
　　　　－ 〈추향秋香〉의 부분

미주로 이민 온 지

어언 서른여섯 해

새 싹이 돋고
꽃이 필 때마다
찬바람에 잎을 떨굴 때마다
민족을 사랑하는 마음으로
가슴을 기울였다
　　　－〈무궁화꽃〉의 처음과 끝부분

오늘 밤도
뜰 앞에
여름 달빛이 차다.

어머님의 무덤가에
쏟아지는
한여름 푸른 달빛.
　　　－〈여름 달〉의 부분

이민 일세들은 유랑민의 슬픔을 체험하며 살아간다.

둘째 묶음 〈새소리〉에는 시 20편이 있다

밤마다 꿈을 꾼다
꿈마다 호랑이를 만난다
걸음아 날 살려라
　　　－《소품6수》 중 삶〉의 전문

바가지만한 귀를 세우고
틈만 나면
인내를 반추하는 소.

항상 멍에를 메고 사는
너는 무죄다.
          - 〈소〉의 전문

자신의 설움을
털어내듯
두들겨 패는 방망이소리
때 묻은 죄밖에 없는 빨래들이
후줄근하게 몸을 푼다.
          - 〈빨래터〉의 부분

종은
어떤 염원이
한처럼 쌓였기에
그 소리가
산을 넘고 물을 건너
흐느끼며 울려 퍼지는가.
          - 〈종鍾〉의 부분

한 장 남은 달력을 바라보며
감사하노라
감동하노라

감격하노라.
— 〈달력 한 장〉의 부분

앞에서 이민일세는 유랑민의 슬픔을 체험하며 산다고 했다. 억울한 일도 있고 슬픔도 있어서 염원이 한으로 쌓이지만 이제 고희에 이르러서는 감사하는 마음으로 산다.

세 번째 묶음 〈정情〉에는 24편의 시가 묶여 있다.

산다는 것은
흔적을 남기는 일이다.

죽음이란
자신의 흔적을
말끔히 지우고 떠나는 일이다.
— 〈흔적痕迹〉의 첫 연과 마지막 연

정 시인은 살면서 여섯 권의 시집과 두 권의 수필집을 펴냈는데, 이제 그 흔적 지우기 쉽지 않을 것 같으나 정 시인은 그의 산심山心, 곧 무심無心으로 지우리라.

네 번째 묶음은 여행 중에 쓴 시들과 한시들이다.
다섯 번째 묶음은 14편의 축시이다.
필자가 정 시인을 처음 만난 것은 95년 5월, LA에서 있었던 광주 민주화운동 기념 시낭송회에서였다. 한국에서 문병란 시인과 김준태 시인이 참석했고, 미주에서는 고원 교수,

이세방 시인, 장소현 시인, 정용진 시인, 그리고 필자의 시
가 낭송되었었다.

정 시인과 나는 39년생으로 토끼띠이다. 그해 8월에 문인
귀 시인과 정 시인이 중심이 되어 시작된 〈오렌지 글사랑
모임〉에서 우리는 의기투합했고, 지금까지 친하게 지내고
있다.

남가주에는 39년생 토끼띠 문인들이 여럿 있다. 문인귀
시인, 석상길 시인, 은호기 교수, 정어빙 시인, 조만연 수필
가, 정용진 시인, 그리고 나까지 해서 7명의 띠거리가 있다.
어쩌면 더 있는지도 모르겠다.

여담이 너무 길어졌나 보다.

정 시인은 사회참여시를 많이 썼다.

민주화운동이나 사회 참여시들은 시집〈강마을〉, 〈장미 밭
에서〉, 〈빈 가슴은 고요로 채워 두고〉 등에 많이 실려 있다.
이 시집 다섯 번째 묶음 〈드리는 시〉14수 중에서 열둘은 잡
지나 신문에 실린 축시祝詩, 창간시, 또는 신년시 들이다.

신문이나 잡지에 축시를 쓰고자 하는 분들에게는 도움이
되리라 생각한다. 축시祝詩는 문학적으로 뛰어날 뿐만 아니
라 독자를 축하해주고 격려하는 메시지가 있어야 하는데 정
시인에게는 특별한 재능과 열정이 있다.

'미주 한인들 모두는/ 승리의 꿈을 안고/ 신대륙에 닻을
내린/ 코리언 파이어니어들……. 이렇게 시작하는 미주 한국
일보 창간 38주년을 기념하는 축시〈한얼의 종소리로 울려라
〉는 아래와 같이 힘차게 결론 짓고 있다.

이 푸르고 광활한 대륙에

한민족이 내일의
역사 창조의 주역임을 알리며
더 높고, 넓고, 멀리
한얼의 종소리로 울려라.
미주 한국일보여!
〈오렌지 카운티 한인 이민 30년사〉 발간에 부치는 축시〈
민족혼의 푸른 꿈을 심자〉는 다음과 같이 끝내고 있다.

웅대한 백두산의 정기를 품고
힘차게 달려 온 개척자들이여
이 나라 이 땅에
위대한 주인이 되자.

위의 두 시의 끝맺음에서 보듯이 우리 한민족의 후예들이
역사창조의 주역이 되고 이 나라의 주인이 되자고 한다.
우리는 이 땅에 온 손님이 아니다. 지나가는 나그네가 아
니다. 이 땅을 개척하고 타 인종들과 함께 새로운 역사를 창
조하여 이 땅의 주인이 되고자 이 나라에 왔다.

여주신문 창간 12주년 에 부쳐서 쓴 축시도 있다.

우리들의
자랑스런 고향 여주는
성군 세종의 음덕이
세세연년 청솔로 살아 푸르르고
국모 명성황후의

애국혼이 넘쳐흐르는
천하제일의 복지.

기름기가 잘잘 흐르는
대왕님표 자채쌀로 우리
모두는
육신을 강하게 키우고
백운거사 이규보, 목은 이색, 스승들의
문학정신을 가슴에 익혀
나날이 정진하기를 바라네.
　　　－〈새 여주 창조의 횃불이되라〉의 부분

　이제 두서없이 쓴 발문을 접어야겠다. 이 시집을 천천히
읽으며 정 시인과 똑같은 서정에 젖기를 바란다.